Para Matilda, ¡que fácilmente podría tumbar a un tigre!
S. S.

Para Guy e Yves, mis queridos y mágicos tíos.
J. D.

Penguin
Random House
Grupo Editorial

Título original: *The Tiger Who Came for Dinner.*

Publicado en el Reino Unido por Little Tiger Press, un sello de Little Tiger Group,
1 Coda Studios, 189 Munster Road, London SW6 6AW. All rights reserved.

Primera edición: octubre de 2021
Primera reimpresión: noviembre de 2021

© 2021, Steve Smallman, por el texto
© 2021, Joëlle Dreidemy, por las ilustraciones
© 2021, Penguin Random House Grupo Editorial, S. A. U.
Travessera de Gràcia, 47-49 08021 Barcelona
© 2021, Vanesa Pérez–Sauquillo, por la traducción

Printed in Spain – Impreso en España

Realización editorial: Araceli Ramos
ISBN: 978-84-488-5862-9
Depósito legal: B-8.921-2021

Impreso en Índice, S.L. (Barcelona)

BE 5 8 6 2 9

EL TIGRE QUE VINO A CENAR

STEVE SMALLMAN   JOËLLE DREIDEMY

Traducción de Vanesa Pérez-Sauquillo

En una casa, en lo más profundo del bosque,
vivían un viejo lobo, una ovejita llamada Estofado
y Tortilla, su cocodrilo.
Era una familia muy diferente de las demás, pero
por otro lado, las mejores familias muchas veces lo son.

Todos los días salían a
dar un paseo, y todos
los días jugaban a su
juego favorito.

¡BÚSCALO!

¡Buenos días!

A veces Tortilla traía el mismo palo.

A veces traía un palo distinto.

Y a veces traía cosas... ¡que no eran palos!

¡Qué desastre, Tortilla!

Un día trajo...

... un pequeño tigre mojado.

—¡Ohh! ¡Hola, Peluchito! —exclamó la ovejita dándole un abrazo gigante al tigre empapado—. ¿Nos lo podemos quedar, *Dobo*?

El lobo dijo que no con la cabeza.
—Lo siento, Estofado, pero la familia
de este tigrecito debe de vivir río arriba.
Tenemos que llevarlo a su casa.

Así que eso fue justo lo que hicieron
al día siguiente.
—Vamos a buscar tigres... —cantaba el lobo mientras
caminaban por la orilla del río.

¡Qué tigre
tan MONO!

¡Qué dulce!

¡Todos los que se lo encontraban pensaban que Peluchito era adorable! Y lo era. Iba bien abrazado a la ovejita, olisqueándola detrás de la oreja.

—¡Qué cosquillas! —decía Estofado riéndose—. ¡Mira, *Dobo*, Peluchito me quiere!

Pero Tortilla no estaba tan seguro de eso.

Y menos cuando...

... se encontraron con unos ratones que jugaban al pilla-pilla.
—¿Podemos jugar? —preguntó Estofado—. ¡A Peluchito le gustan mucho los ratones!

—¡Grrr! —dijo Tortilla.
¡A Peluchito le gustaban demasiado! No parecía querer soltarlos.

—¡Mira cómo salta el pez, Peluchito! —se rio el lobo. Peluchito saltó también. —¡Le gusta mucho el pez! —se rio Estofado. ¡Pero no vieron lo que vio Tortilla!

—¡GRRR! —gruñó Tortilla, enseñándole los dientes. Peluchito devolvió el pez al agua.

—¡Qué tigre tan ADORABLE! —exclamó una ardilla.

—Sí —asintió el lobo—, y quiere a todo el mundo. Sobre todo a Estofado.

—¡Peluchito me está dando besos! —decía Estofado entre risitas. Tortilla no estaba contento, y no entendían por qué.

¡Es un tigre tan MONOOO!

—¡Venga, Tortilla! —dijo sonriendo el viejo lobo—. ¡Vamos
a jugar a buscar el palo!
Y enseguida Tortilla volvió a estar feliz.

Más tarde, cuando empezaba a hacerse de noche, el lobo encontró un sitio para montar la tienda de campaña.
—¡A cenar! —gritó—. ¿Quién quiere sopa de zanahorias?
—¡Ñam! —Tortilla se relamió contento.
—¡Rico, rico! —dijo Estofado.

Pero Peluchito ya estaba masticando algo...
¡La cola de Estofado!
—¡Auuu! —gritó Estofado.
¡ÑAC, ÑAC, ÑAC!, hicieron los dientes de
Tortilla acercándose al culete peludo
de Peluchito.

—¡BUAAAAAAH! —gritó el pequeño tigre, poniéndose a llorar.
—¡Santo cielo! —dijo el lobo—. ¡Vaya jaleo! Creo que estamos ya
un poco cansados y con hambre. Bueno, vamos a pedir perdón
y a darnos un abrazo todos juntos.

El tigre siguió llorando todavía un poquito.

Pero Tortilla reconocía las lágrimas de cocodrilo cuando las veía.

Y mientras los demás dormían, se pasó toda la noche vigilando con un ojo abierto.

Al día siguiente, empezaron a caminar y enseguida llegaron a una cabaña.

—¡Qué paisaje! —dijo el lobo suspirando—. ¿Esta es tu casa, Peluchito?

El pequeño tigre sonrió y dijo que sí con la cabeza. Luego cogió un palo ¡y lo lanzó al río!

Tortilla dio un salto, lo atrapó ¡y desapareció por el borde de la catarata!
—¿Por qué has hecho eso, Peluchito? —exclamó asombrado el lobo—.
¿Cómo has podido?

¡VUELVE!

—¡Ha sido facilísimo! —dijo el pequeño
tigre con un rugido—. ¡MAMÁ! ¡PAPÁ!
¡YA ESTOY EN CASA! Y HE TRAÍDO...
¡LA CENA!

Dos tigres con cara
de hambre salieron
corriendo de la cabaña.

—¡Dejadla en paz! —gritó el lobo, sujetando a la ovejita
con fuerza.
—No le hagáis caso —dijo el cachorro de tigre burlándose
de él—. Es un blandengue.

Los tigres sonrieron y se relamieron los bigotes.
Se acercaron lentamente a ellos, cada vez más y más, y a
punto estaban de lanzarse encima cuando...

... ¡Tortilla salió del río, dando un salto!
¡Con un palo grandísimo entre sus grandísimos dientes!

¡CRONCH!

¡CHAS!

¡CRACK!,
crujió el palo.

–¡AAARRRGGGH! –gritaron los tigres.

Agarraron a su cachorro, entraron corriendo en la cabaña
¡y cerraron la puerta de golpe! ¡PLAM!

¡El viejo lobo y Estofado le dieron un abrazo gigante al cocodrilo empapado!

—¿Vamos a casa? —preguntó Estofado.

—Vamos a casa —asintió el lobo.

Así que el viejo lobo, Estofado y Tortilla volvieron a bajar la montaña. Tortilla no era pequeño, ni mono... y nunca sería un peluchito. Pero era uno más de la familia y lo querían muchísimo.